DISNEY

魔雪奇緣
FROZEN

北極光篇

北極光之旅
（下）

新雅文化事業有限公司
www.sunya.com.hk

秋季馬上就要結束了，寒冷的夜風提醒着小石頭和朋友們，冬季正要來臨。時間不多了，他們得趕快找到佩比爺爺，在太陽升起之前，讓小石頭的「追蹤技能水晶」發出光亮。

「我有預感，我們馬上就會找到重要的線索。」克斯托夫説。

小石頭笑着説：「那我們趕快開始追蹤任務吧！」

他們再次上山。一路上，小石頭積極地尋找任何線索。但是他找來找去也沒法在雪地上找到有用的東西，於是他一頭鑽進積雪裏開始挖起來，轉眼就消失在雪堆裏。

過了一會兒，小石頭鑽了出來，手裏拿着一把冰斧和一捆繩子。「快來看看！」他大聲喊道。

「啊，原來我把它們丟在這裏。」克斯托夫看到小石頭手上的東西，感激地說。

「我追蹤到一些重要的東西！」小石頭說。

「不是，應該是你找到了一些重要的東西，」克斯托夫一邊收好東西，一邊糾正道，「小石頭，你忘記了嗎？這個不算是追蹤。」

小石頭知道克斯托夫說得沒錯，因為他手上的「追蹤技能水晶」還是黯淡無光。

　　安娜安慰小石頭說：「沒關係，你看，找東西是需要運用創造力的，你已經掌握了重要的追蹤技能之一。」

　　「嗯，沒錯！」小石頭答道。

　　他們繼續往山上走。在路上，克斯托夫說起了往事，憶述他小時候有一次也運用了創造力。

　　「那時候我還是個小孩子。一天晚上，我和斯特一起去採冰。那晚天上的北極光非常光亮，光線反射在結了冰的湖面上，在湖面上舞動起來。斯特看見了，就瘋狂地跑來跑去，想要捕捉那舞動着的北極光。」

「他追了一會兒，好不容易終於捉住了一道光線。」説到這兒，克斯托夫刻意停頓了一下，然後説：「不過……是用舌頭捉住的！」

　　大家都忍不住笑了起來，害得斯特難為情地「哼」了一聲。

　　「然後，他的舌頭就被凍住在冰面上。」克斯托夫繼續説。

「我試着去拉牠……

推牠……但是，
做什麼都沒有用……

斯特的舌頭倒是被我越拉越長。最後……我拿出了
大冰鋤，這可把斯特嚇壞了！」

「之後，我想到了一個更有創意的辦法。我拿起一把小冰鋤⋯⋯」克斯托夫邊說邊用手指比劃着小冰鋤的大小，「接着，我在斯特舌頭所在的冰面小心翼翼地鑿出一圈冰塊。斯特用舌頭捲起冰塊，一口放進嘴裏。過了一會兒，冰塊融化了，斯特獲救了！」

「太棒了！」雪寶不禁歡呼道。

　　「斯特用冰凍的舌頭使勁地舔我的臉，然後我們坐下來，靜靜地欣賞着夜空中斑斕的北極光。」

　　小石頭大笑起來，説：「你們的北極光故事都好棒！」他也希望自己有一天能和大家一樣，分享　個精彩的北極光故事。

　　他們沿着彎彎曲曲的山路一直往前走，沿途的景象讓每個人都倒抽了一口氣，而山路的盡頭竟然是一道巨大的瀑布！

　　安娜在瀑布腳下發現了一件青綠色的斗篷。大家都確信，這件斗篷一定是佩比爺爺留下來的。

　　「他一定是在往瀑布上面爬的時候，遺留了這件斗篷。」愛莎説。

　　大家都抬起頭，想着怎樣才能像佩比爺爺一樣爬到這道瀑布上面去。

斯特把舌頭伸進了瀑布的水流中，並重複做着這個動作。克斯托夫立刻明白了：「斯特是想告訴愛莎，她可以把瀑布冰封！」他向大家解釋道，「還記得剛才的故事嗎？」

　　「斯特可真有創意啊！」小石頭説。

於是，愛莎揮舞雙手，嘩啦啦的水流立刻結冰，凝固在半空中。

　　「好，我們爬上去吧！」克斯托夫說着，遞給安娜一對登山釘鞋和一把冰斧。

　　「我們要爬一道冰封的瀑布了，我期待這件事情好久了！」安娜高興地說。

　　克斯托夫和安娜穿好登山裝備之後，就開始往瀑布上爬。

　　「小心點啊，安娜！」愛莎囑咐道。

　　「請放心，我絕對沒問題。」安娜自信滿滿地對姊姊喊道，借助冰斧一點兒一點兒向瀑布上方爬去。

克斯托夫和安娜到達瀑布上方後，扔下一條繩子。愛莎把繩子的一端繫在斯特身上，然後把雪寶安放在斯特頭上。

　　雪寶握住斯特的鹿角，安娜和克斯托夫慢慢地把他們往上拉。

　　「這真是太有意思了！」雪寶歡呼道。

　　一到達瀑布上方，斯特就熱情地用舌頭舔了舔安娜和克斯托夫的臉。接着，大家一起把小石頭拉了上來。

　　當輪到愛莎時，沒想到，她竟用魔法造了一道冰梯，自己走了上來！

　　大家問愛莎為什麼不早點兒提議造一道冰梯，愛莎忍不住笑起來：「看，你們那麼有興致爬冰瀑布，我怎麼捨得讓你們掃興呢！」

17

　　小石頭咯咯笑了起來，大家都覺得剛才的經歷有趣
極了！

　　「克斯托夫、斯特，」小石頭說道，「我把『創意
技能水晶』送給你們吧！你們剛才想到的辦法那麼有創
意，由你們來保管這塊水晶最適合不過了。」

　　克斯托夫小心翼翼地接過閃閃發光的水晶，答應會
好好保管它。

在瀑布頂端，一行人追隨着佩比爺爺的腳印越爬越高，而四周的霧也越來越濃。小石頭開始不安起來，但他還是繼續往前走着。

終於，他們抵達了山巔，濃霧中的一個身影越來越清晰。

小石頭連忙跑了過去，「佩比爺爺！」他激動地大叫。

　　大家目瞪口呆地看着小石頭抱着一塊長滿青苔的大石頭！

　　克斯托夫只好清清嗓子，示意小石頭往佩比爺爺那邊望。哈哈，原來佩比爺爺站在另一塊大石頭上。

　　小石頭定睛看了看自己抱着的大石頭，又看了看佩比爺爺。

　　「啊，我找到你了！」他激動地再次撲上去，今次擁抱的才是真正的佩比爺爺，「我一路追蹤你來到了這裏！」

　　「很高興見到你啊，小石頭。」佩比爺爺和藹地對他說。

小石頭趕快看了看他的「追蹤技能水晶」，但是水晶還是沒有絲毫光芒！小石頭沮喪極了。

　　「我猜一定是這塊水晶出了問題。」克斯托夫連忙安慰他說。

　　「對，對，也許是水晶的問題。」安娜附和道。

　　「才不是呢。」小石頭歎着氣說，「我知道為什麼會這樣。」

　　「我並不擅長追蹤。」小石頭舉起那塊黯淡的水晶，
歎了口氣解釋說，他清楚知道沒有大家的幫忙他根本不可
能追蹤到佩比爺爺。

　　「這裏所有的人都能讓這塊『追蹤技能水晶』發光，
除了我以外。多虧了你們，我的朋友們，是你們幫助我找
到了佩比爺爺。」

忽然，不可思議的事情發生了！小石頭的「追蹤技能水晶」開始發出耀眼的光芒。

　　「小石頭，你看！」安娜喊道。

　　「但是，我還以為我不配讓這塊『追蹤技能水晶』發光……」小石頭驚訝地自言自語。

　　佩比爺爺拍拍小石頭的肩膀，肯定地說：「就是因為你意識到朋友幫助的重要性，所以你才能讓這塊水晶發光發亮啊！」

　　就在這時，藏在石頭後面的一級小矮人們全都跑了出來。他們揮舞着手中閃閃發光的水晶，歡呼道：「小石頭，恭喜你成功了！」

　　原來，佩比爺爺和所有的一級小矮人一直在等着小石頭找到他們。現在，大家終於可以舉行水晶慶典了！

　　佩比爺爺請所有的一級小矮人上前圍成一圈。小石頭不好意思地跟朋友們説：「不好意思，現在我要用到我的那些水晶了。」

　　小石頭曾經因為仰慕朋友們非凡的勇氣、觀察力和
創造力，將水晶送給了大家。現在，朋友們懷着對小石
頭的美好祝福，微笑着將水晶歸還到他手中。

小石頭驕傲地展示他那些發光的水晶，與其他一級小矮人一起圍繞着佩比爺爺。

佩比爺爺把手舉向空中，小矮人們也跟着舉起了自己的水晶。水晶映照着北極光的光芒，使夜空微微亮了起來。但是，這點光芒並不如佩比爺爺所期待的。

　　「小矮人們都非常努力才獲得了今天的成就，今晚
應該是他們畢生難忘的一夜。我們一定有辦法使整個夜
空亮起來的。」佩比爺爺堅定地說。

　　「不介意的話，讓我試一試吧！」愛莎建議道。

愛莎揮舞雙手，施展魔法在夜空中變出一片晶瑩剔透的巨型雪花。雪花一邊旋轉，一邊反射出北極光的光芒，使夜空生動起來，閃閃生輝的光芒灑遍大地。這一刻，大家都沐浴在神奇的北極光之中！

　　雪寶激動地欣賞着映照在自己身上七彩繽紛的北極光，興奮地又蹦又跳，歡呼道：「我變成彩虹了！」

　　「對了，」佩比爺爺享受着北極光，高興地說，「這樣就好多了！」

　　遠處的小矮人山谷裏，波達發現了天邊明亮奪目的
北極光。「大家快抬頭看看！」她喊道。小矮人們仰望
着天空，他們都清楚知道，這意味着小石頭成功地通過
了考驗，水晶慶典又一次成功地舉行了！

　　此動人的一刻全賴每位一級小矮人所付出的努力，
是他們讓北極光變得更亮、更迷人，讓夜空下的所有人
都能體驗到大自然神奇的魔力。

魔雪奇緣 FROZEN

北極光篇

番外篇

奧肯的新發明

在阿德爾王國高高的山上，奧肯正在忙着打理他的小店——流浪奧肯交易站和桑拿浴室。自從那年仲夏的一場暴風雪，安娜為尋找姊姊上北山而經過奧肯的小店之後，這裏的生意就好得出奇。

奧肯是個滿腔熱情的大個子。他不僅愛自己的小店，也愛幫助顧客們挑選合適的商品。不過，他更愛做的事，還是發明各種各樣帶給人們快樂和便利的好東西，就好像防曬霜啦、止咳藥水啦、防滑的雪鞋啦……

　　不過，要是問奧肯最愛是什麼，那答案一定是他的
大家庭！

　　現在他非常興奮，因為他的家人正從四面八方趕來
探望他的小店，明天他們將在這裏舉辦每半年一次的奧
肯家族聚會！

　　奧肯家族聚會總是特別有趣：大人們大口大口地吃
着美味的鹹漬魚和越橘餡餅，孩子們則興致勃勃地用雪
堆砌天使。不過，來一個暖烘烘的桑拿浴，再泡一個熱
乎乎的温泉浴，是大人們和孩子們都喜歡做的事。

然而，奧肯家族聚會的高潮在後頭，也就是奧肯家族的傳統——發明家大賽！在比賽中，每個家庭成員都會分享自己自從上次聚會之後所發明的有趣玩意或構思。這個比賽時常驚喜處處，就好像兩年前，奧肯發明的止咳藥水就成功醫治好他許多親友！

話説回來，今次比賽在即，可是奧肯卻碰上發明家的惡夢 —— 靈感枯乾。明天家族聚會就要開始了，他卻什麼都還沒有發明出來呢！

奧肯坐在小店裏苦思，也沒有為意有人推門入內。原來是克斯托夫！沉思中的奧肯沒有用他的招牌問候方式和克斯托夫打招呼，於是克斯托夫就學着奧肯的語氣說：「呵呵呵，冰塊來了！」

「呵呵呵！」奧肯失落地回應道。

「怎麼了，奧肯？」克斯托夫注意到他有些鬱悶。

奧肯歎了一口氣，拿出了以前發明的防曬霜和止咳藥水。

「我的家人明天就要來了，可我還沒有做出一樣可以在發明家大賽上展示的東西，這讓我覺得很懊惱。」

　　「嗯，這確實是個麻煩。」克斯托夫說，「發明東西確實不容易，不過，每當我遇到了困難，小矮人們總會告訴我『黑暗中總有一線曙光。』」

　　奧肯點了點頭說：「謝謝你，克斯托夫。」

　　克斯托夫揮了揮手，走出小店時再次鼓勵奧肯：「別擔心，事情一定會有轉機的。」

　　克斯托夫離開後，奧肯關上了店門，他需要獨個兒靜靜思考。到底怎麼樣的發明才能讓奧肯的家人們感到驚奇呢？

　　奧肯想啊，想啊⋯⋯

他想到了很多主意。

但是，沒有一個主意超羣出眾，足以讓奧肯在發明
家大賽上吸引到家人們的注意。

奧肯實在想不出來了，他想得腦袋都疼了。現在，他決定休息一會兒。

「我要到桑拿浴室舒緩一下。」他自言自語道，「我以前曾在桑拿浴室想到不少好的主意。」

奧肯推開門，發現店外天色一片昏暗。

原來，當奧肯在店內苦苦思索的時候，黑夜已悄悄降臨了。就在奧肯步進昏暗的夜色之中，他給一些硬硬的、冰冰的東西絆倒了。

「哎喲！」他大叫一聲，仔細一瞧，原來自己踩到了克斯托夫送來的冰塊。

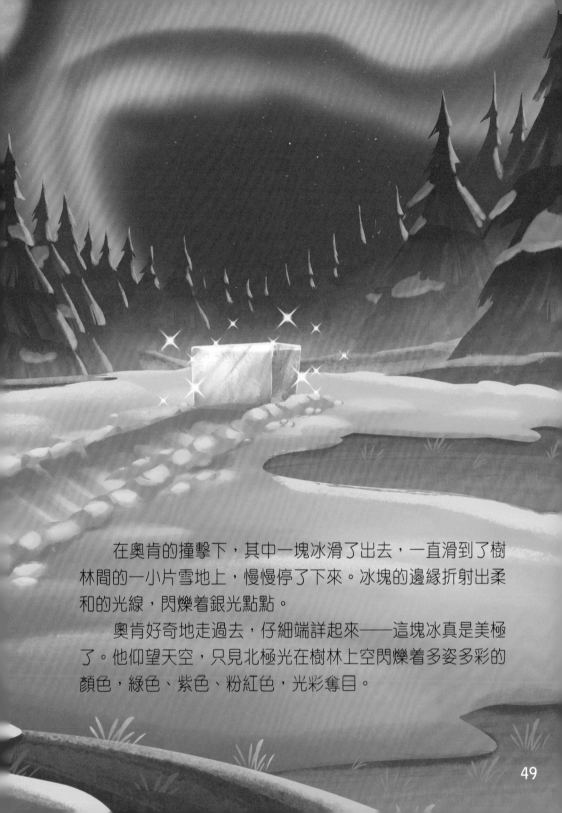

在奧肯的撞擊下，其中一塊冰滑了出去，一直滑到了樹林間的一小片雪地上，慢慢停了下來。冰塊的邊緣折射出柔和的光線，閃爍着銀光點點。

奧肯好奇地走過去，仔細端詳起來——這塊冰真是美極了。他仰望天空，只見北極光在樹林上空閃爍着多姿多彩的顏色，綠色、紫色、粉紅色，光彩奪目。

　　奧肯低頭再看看冰塊，這才明白，原來是北極光灑落在冰塊上折射出美麗的光線，使冰塊也閃閃生光。
　　突然，奧肯想起了克斯托夫的話：「黑暗中總有一線曙光！」

奧肯暗自發笑，現在他知道應該創造什麼好東西來參加發明家大賽了。他的靈感泉源再次啟動，就如克斯托夫所説的，事情出現了轉機！

奧肯飛快地跑回小店，急不及待地開始籌備他的新發明。他只有幾個小時的時間，家人們就要來了。

奧肯忙了整整一夜……

天一亮，奧肯的家人就陸陸續續到
來了。「呵呵呵！」他們互相問候。

大家都非常高興再次與親友聚會。大人們吃着窩夫烙餅，喝着香料酒；孩子們玩着馴鹿套環的遊戲，還比賽滑雪橇。黃昏時分，大夥兒又一起游冬泳、泡溫泉，開心極了！

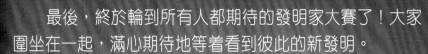

最後，終於輪到所有人都期待的發明家大賽了！大家圍坐在一起，滿心期待地等着看到彼此的新發明。

海達祖母展示了一件外套，外套的領子上繫着一副毛茸茸的耳罩。「你們再也不用擔心凍掉耳朵了！」她自豪地説。

索倫叔叔拿出了一根造型奇特的幼細鐵線。「你們可以用它來固定紙張。」他驕傲地説。

阿嘉莎表妹以哈丹格爾小提琴演奏了自己創作的一首新樂曲。這首樂曲有點兒與眾不同，可是卻深得一些親友的欣賞。

最後，終於輪到奧肯了。「跟我來！」他對大家説。
　　家人們都很好奇，他們一邊跟着奧肯，一邊互相猜
測：「會是什麽呢？」
　　「會不會如同防滑的雪鞋那般出色呢？」克拉拉姑
母問。
　　「我想，不會比防曬霜更實用吧？」萊娜姨
姨説。
　　「只要不是另一種止咳藥水就好了。」尼爾
斯表弟在一旁説道。

出乎意料地，奧肯提着一盞燈，引領家人們來到了
樹林的空地上。雖然四周漆黑一片，但是大家仍然可以
清楚地看到空地中央佇立着一根巨大的冰柱。

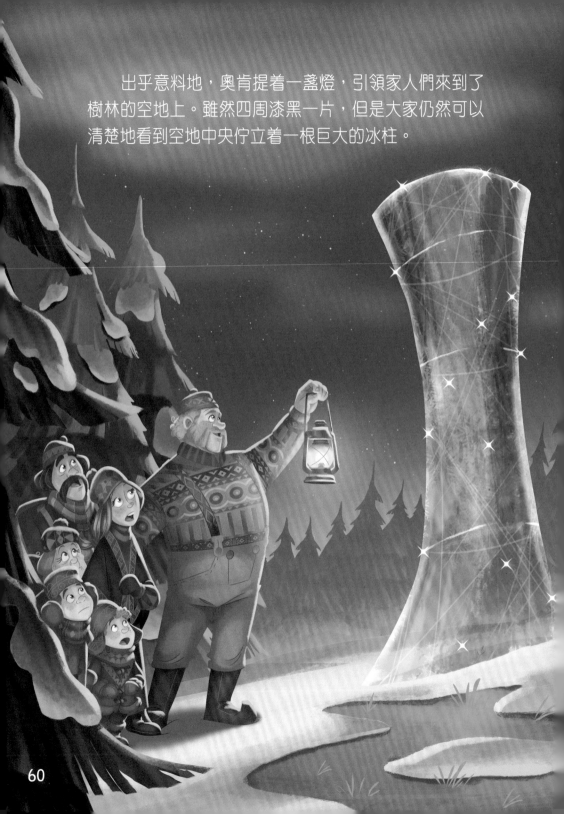

　　「奧肯，你這根大冰柱可真有看頭。」拉爾斯表弟說，「但是，它有什麼用途呢？」

　　「你馬上就知道了。」奧肯咯咯笑着。說完，他就把燈火熄滅。

　　大家都瞪大了眼睛，全神貫注地看着，然而，過了好一陣子什麼都沒有發生。正當所有人都困惑不已，並開始擔心起來的時候，眼前竟然出現了……

　　如夢似幻的北極光開始在他們頭頂上閃耀着，七彩繽紛的北極光投射到巨大的冰柱上，反射出變幻莫測的光芒，一瞬間照亮了整個樹林！彩虹般的光線映照着周圍的樹木，也映照着一張張驚訝不已的臉龐。

　　奧肯面露笑容，興奮地説：「這盞巨型的燈籠能捕捉到北極光，我們可以用它來慶祝重要的時刻，就像此時此刻這個美妙的奧肯家族聚會！」

奥肯家族的每一個成員都深深地沉浸在這夢幻般的氛圍裏。不用説，這是他們見過的最美的發明！

奧肯難掩心中的喜悅，用寬闊的肩膀將家人們摟在一起，幸福地大聲宣布：「我愛你們，我愛這個大家庭！」

64

魔雪奇緣

北極光之旅（下）

作　　者：Suzanne Francis, Jessica Julius
繪　　圖：Disney Storybook Art Team
翻　　譯：袁文靜
責任編輯：黃花窗
美術設計：陳雅琳
出　　版：新雅文化事業有限公司
　　　　　香港英皇道499號北角工業大廈18樓
　　　　　電話：（852）2138 7998
　　　　　傳真：（852）2597 4003
　　　　　網址：http://www.sunya.com.hk
　　　　　電郵：marketing@sunya.com.hk
發　　行：香港聯合書刊物流有限公司
　　　　　香港新界大埔汀麗路36號中華商務印刷大廈3字樓
　　　　　電話：（852）2150 2100
　　　　　傳真：（852）2407 3062
　　　　　電郵：info@suplogistics.com.hk
印　　刷：中華商務安全印務有限公司
　　　　　香港新界大埔汀麗路36號
版　　次：二〇一六年十二月初版
　　　　　10 9 8 7 6 5 4 3 2 1

ISBN: 978-962-08-6701-9
Published by Sun Ya Publications (HK) Ltd.
18/F, North Point Industrial Building, 499 King's Road, Hong Kong.
Published and printed in Hong Kong